S0-COO-168

My sun hat is **blue**.
It helps stop the sun.

My mat is green.
I sit on it on the hot sand.

My little hill of sand is tan.

The ball is yellow that I toss.
My **brown** dog is Ross.

Go get it, Ross!

Ross runs to get the ball I toss.
Good dog, Ross!

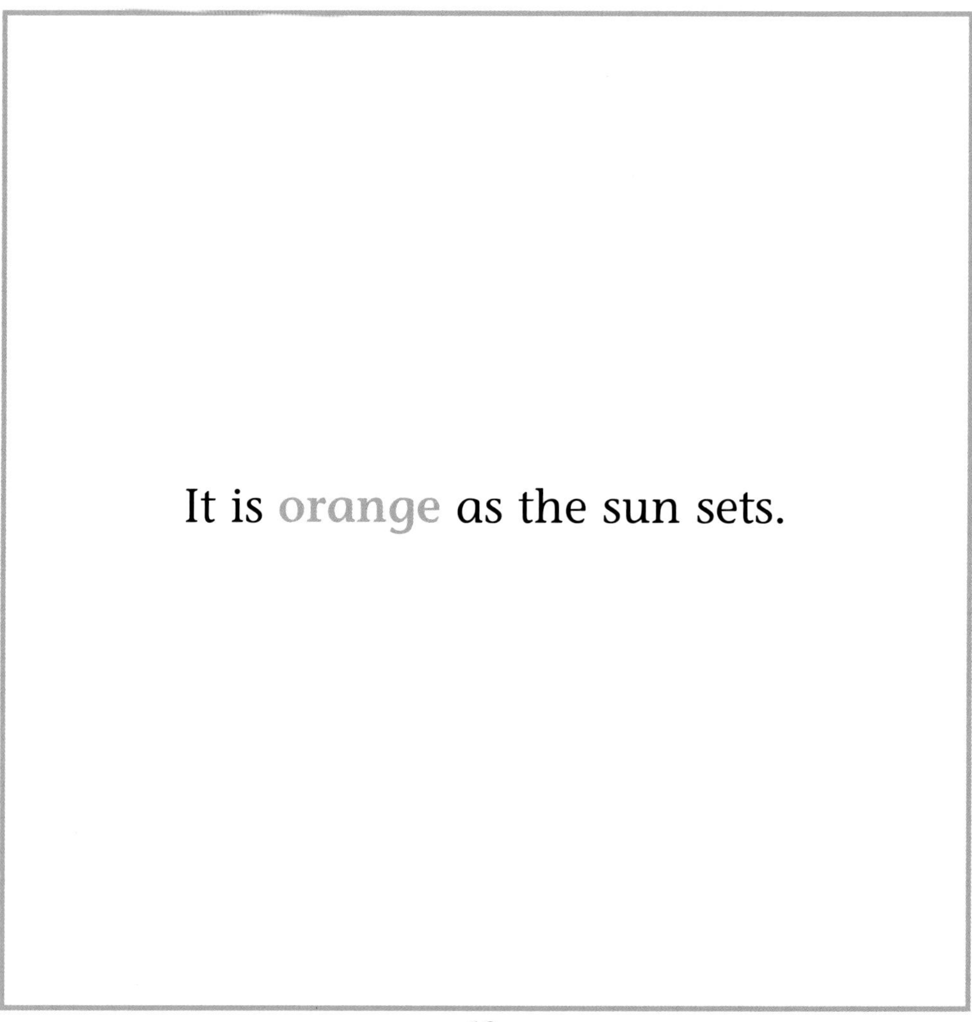

It is orange as the sun sets.

I like sunset.

It is **black** as Mom tucks me in to rest.

## Target Letter-Sound Correspondence

Short /u/ sound spelled ***u***

**Previously Introduced**
**Letter-Sound Correspondences:**
Consonant /s/ sound spelled ***s***
Consonant /m/ sound spelled ***m***
Short /a/ sound spelled ***a***
Consonant /k/ sound spelled ***c***
Consonant /n/ sound spelled ***n***
Consonant /k/ sound spelled ***k, ck***
Consonant /z/ sound spelled ***s***
Consonant /t/ sound spelled ***t***
Consonant /p/ sound spelled ***p***
Short /o/ sound spelled ***o***
Consonant /g/ sound spelled ***g***
Consonant /d/ sound spelled ***d***
Short /i/ sound spelled ***i***
Consonant /r/ sound spelled ***r***
Consonant /l/ sound spelled ***l***
Consonant /h/ sound spelled ***h***
Consonant /f/ sound spelled ***f***
Short /e/ sound spelled ***e***

**Prerequisite Skills** are foundational phonics skills that have been previously introduced.

**Target Letter-Sound Correspondence** is the letter-sound correspondence introduced in the story.

**High-Frequency Puzzle Words** are high-frequency irregular words.

**Story Puzzle Words** are irregular words that are not high frequency.

**Decodable Words** are words that can be decoded solely on the basis of the letter-sound correspondences or phonetic elements that have been introduced.

## High-Frequency Puzzle Words

| | |
|---|---|
| black | little |
| blue | me |
| brown | my |
| **for** | of |
| go | that |
| good | the |
| green | to |
| like | yellow |

*Bold indicates new high-frequency word.*

## Story Puzzle Words

| | |
|---|---|
| ball | wagon |